LETTRE

ADRESSÉE

PAR M. HAURÉAU

AU RÉDACTEUR

DU JOURNAL **L'UNION.**

MONSIEUR,

La controverse électorale vient d'être terminée à votre confusion. Tant qu'elle a duré, j'ai cru devoir né-
gliger de répondre à d'impertinentes diatribes : ma
personne n'était pas en question, les électeurs n'avaient
pas à statuer contradictoirement sur les garanties que
pouvaient leur offrir mes opinions et ma conscience,
et, quand chaque matin vous me mettiez en scène,
quand, accolant mon nom à celui de votre candidat

1

préféré, vous m'offensiez par ce parallèle, quand je n'avais qu'un mot à dire pour vous confondre, je me suis imposé à moi-même un silence absolu sur tout ce qui, dans ce débat, pouvait m'être personnel.

Aujourd'hui, Monsieur, je prends la parole. Entendez-le bien, ce n'est pas pour vous que je consens à parler de moi : je ne vous connais pas, mais votre conduite dans ces derniers jours m'a trop appris quel cas je dois faire de votre sentiment sur ma personne. Que si, après avoir lu cette lettre, vous me teniez pour un homme doué de quelque sens et digne de quelque estime, vous m'obligeriez de n'en rien dire ; je goûterais peu cette réparation. C'est pour le public que je vous écris : j'ignore l'effet qu'ont pu produire vos calomnies, imprimées à grands frais et colportées sous tous les toits, mais il m'importe de détruire, même dans l'esprit de vos lecteurs, une impression peut-être défavorable : dans tous les partis, il y a des gens honnêtes ; je le reconnais hautement, et c'est à eux que je m'adresse dans cette lettre ; je veux qu'ils me jugent tel que je suis, et non d'après le portrait menteur que vous avez fait de moi.

Le public a déjà apprécié la convenance de notre langage durant le débat qui vient d'être clos. Alors que vous osiez fouiller dans la vie d'un père pour outrager son fils, je pouvais certes et à meilleur droit interroger les antécédents des personnes qui recommandaient le candidat opposé à M. de St.-Albin et qui se proclamaient ses garants; je pouvais, en consultant mes souvenirs, ceux de mes amis, et en mettant à profit quelques correspondances fort indiscrètes, écrire telle ou telle biographie peu édifiante. Je ne l'ai pas fait, je ne le ferai pas même aujourd'hui ; mais, sachez le bien, si je l'avais voulu, si j'avais confié au public certaines choses que je sais en mon particulier, on vous eût immédiatement commandé de changer le ton de votre polémique. C'en est assez sur ce point délicat : je ne me permettrai pas même une allusion désobligeante;je tiens seulement à vous apprendre, ce que vous ignorez peut-être, que je n'ai pas voulu mettre à profit les avantages de la position que vous m'avez faite.

Que le public, après avoir tenu compte de notre réserve, de notre constante retenue, dans le cours d'un debat si animé, juge maintenant la délicatesse de vos procédés à notre égard.

Je ne réponds pas à ce que vous avez dit de fort inconvenant au sujet de l'appui prêté par le *Courrier de la Sarthe* à la candidature de M. St.-Albin. Eh quoi ! Monsieur, vous avez eu l'audace de donner à entendre que j'ai pu désirer le succès de cette candidature, par des motifs autres que l'intérêt du parti auquel j'appartiens! Une telle calomnie ne saurait m'atteindre ; c'est la première fois qu'on se permet de suspecter mon intégrité, et je ne m'attendais pas assurément à ce que ce méprisable soupçon eût pour organe la feuille que vous rédigez. Est-il donc besoin, Monsieur, que je vous montre mes mains pour vous prouver qu'elles sont pures ? Non, en vérité, c'est un honneur que je ne vous ferai pas.

Mais je passe rapidement sur le détail de vos diffamations quotidiennes : j'arrive à l'affaire principale, à ce livre dont vous avez reproduit les passages les plus véhéments, pour me compromettre, pensiez-vous, dans l'esprit des électeurs, et ruiner le crédit du *Courrier de la Sarthe*. Il ne paraît pas que vous ayez atteint

votre but. Mais encore, qu'est-ce donc que ce livre formidable ? Mes explications seront franches et complè-
tes : j'aime assez peu le bruit, et je n'appelle pas volontiers le public autour de moi; cependant il me faut
bien, pour faire justice de votre indécente polémique,
parler de ce qui me concerne ; je serai, sur ce point,
aussi bref que je pourrai l'être.

J'avais à peine achevé mes humanités, quand, après
avoir lu nos fastes révolutionnaires, je conçus le des-
sein, bien audacieux sans doute, de raconter l'histoire
tragique d'un parti dont on avait colomnié la mémoire.
Le prospectus de *La Montagne* parut, je crois, en 1831 :
l'ouvrage fut écrit au jour le jour, entre les événements
de juin 1832 et ceux d'avril 1834 : la publication en fut
plusieurs fois interrompue, non par ma volonté mais
par les circonstances. Je ne veux pas dissimuler,
Monsieur, que, durant ces années orageuses, j'ai pris
une part fort active à quelques entreprises, et que je me
suis associé, bien jeune encore, à des espérances qui ne
paraissaient pas alors chimériques à des hommes d'un
âge mûr : si toutefois je prends soin d'initier le public à ces détails, ce n'est pas, croyez-le, pour faire montre des gages que j'ai pu offrir à la cause de la liberté,
c'est pour rappeler dans quel milieu j'ai rédigé les pa-
ges ardentes de *La Montagne*, durant les heures déro-
bées aux luttes quotidiennes, dans un modeste asile où
les bruits de la rue vinrent plus d'une fois troubler
mes rares loisirs ! Forcé de quitter Paris après les jour-
nées d'avril 1834, j'achevai loin des tumultes civils
l'Introduction de *La Montagne*, et relisant alors, en un
lieu solitaire et tranquille, les vives déclamations que
m'avait inspirées le sombre génie de l'émeute, j'écrivis
et je rendis publique cette lettre dédicatoire :

« A mon ami J....,

» Je l'adresse ce martyrologe, mon cher ami. Nous devions
» bien une oraison funébre aux précurseurs de notre œuvre; je
» l'ai écrite comme je la sentais à vingt ans. »

L'ouvrage que vous avez exhumé, Monsieur, est,
en effet, celui d'un humaniste plus enthousiaste pour
Tacite que pour Tite-Live, pour Claudien que pour
Virgile, qui recherche avidement les mots de six pieds,
pour qui le pathos est plein de charmes; mais vous n'a-
vez pas dit qu'achevant la dernière page de ce livre, et
ne pouvant plus amender quelques formules acerbes,
absolues, auxquelles la presse avait adressé de justes
critiques, le jeune rhéteur, déjà mécontent de luimême, éprouva le besoin d'imputer à son inexpé-
rience littéraire ces locutions incorrectes, ces fougueu-
ses apostrophes, que vous avez mises en relief pour les
commenter ensuite avec une insigne malveillance.

Vous le voyez, Monsieur, je fais très bon marché de
la forme de ce livre. Il eut cependant quelque succès;
l'édition fut assez promptement épuisée, et, dans ces
derniers temps, il m'a été fait des offres pour une édition nouvelle. J'ai refusé, ne croyant pas devoir mu-
tiler un écrit que je puis avouer hautement, et ne vou-
lant pas, d'ailleurs, donner à autrui l'occasion de cen-
surer ce que je censure moi-même.

Est-ce à dire, Monsieur, que j'accepte comme sincère l'interprétation que vous avez donnée à quelques
passages par vous cités? non sans doute. Si j'avais affaire de prouver au public que vous avez agi sans délicatesse, que vous avez tronqué des phrases pour leur
attribuer un sens qu'elles n'ont pas, que vous avez tra-

vesti ma pensée au point de me rendre quelquefois
inintelligible à moi-même, je ne serais pas assurément
fort embarrassé pour fournir cette preuve : mais on
sait de reste que vous n'êtes pas très scrupuleux sur
l'emploi des moyens, quand vous êtes impatient d'atteindre un but ; et quand j'aurai affirmé que vos cita-
tions sont pour la plupart ou inexactes ou incomplètes
et m'attribuent des opinions, des sentiments, que je
n'ai jamais exprimés, vos amis politiques eux-mêmes,
Monsieur, auront plus de confiance dans ma parole
que dans la vôtre.

Prenez donc acte de cette affirmation, qui m'épar-
gne le soin de discuter les pièces justificatives. Aussi
bien, j'ai à entretenir le public de choses plus graves
que de vos pitoyables stratagèmes. Le fond du livre que
j'ai écrit sous le titre de *La Montagne*, je vous l'ai déjà
dit, Monsieur, me paraît encore vrai ; je n'ai rien à
rétracter, je tiens pour bien fondé le jugement que
j'ai porté sur les événements et sur les hommes de notre grande révolution. Pourquoi, Monsieur, ne l'avez-
vous pas fait connaître ? au lieu d'emprunter ici et là
quelques lignes et d'en dénaturer le sens par des omis-
sions ou par des rapprochements d'un effet calculé, que
n'avez-vous analysé fidèlement ce livre épouvantable ?
Si mes opinions eussent été approuvées par les uns,
elles eussent été condamnées par les autres, je n'en
doute pas ; mais encore eussent-elle été comprises,
et il me semble que le premier devoir d'un homme qui
s'inscrit en accusateur est d'exposer clairement les
doctrines contre lesquelles il invoque une sentence. À
votre défaut, Monsieur, je vais le faire. Peut-être
aujourd'hui parlerai-je avec moins d'amertume des
diverses factions dont l'arrêt fut dicté par le comité
de salut public, mais assurément je ne croirai pas

devoir témoigner moins de reconnaissance aux hommes de bien , aux grands citoyens, dont , au 9 thermidor , une odieuse coalition interrompit la carrière. Du
reste , Monsieur, il y a un an , j'ai résumé, dans un article écrit pour le *Dictionnaire Politique* de M. Pagnerre,
tout le livre de *La Montagne* , et je vais citer quelques
passages de cet article. Ainsi je vous prouverai que l'é-
tude , l'âge et l'expérience n'ont fait que me confir-
mer dans les opinions exprimées par moi en 1832 , et,
en outre , je reproduirai sous les yeux du public ,
dans sa formule abstraite , la thèse unique dévelop-
pée dans le cours du livre que vous avez mis en cause.
Voici cette citation :

« Les Girondins , considérant les cahiers de 1789 comme l'expression la plus avancée du sentiment populaire, avaient accepté
la révolution du 10 août , mais ne l'avaient pas faite. Quand la
déchéance de la royauté fut accomplie, au moins s'efforcèrent-ils
de conserver intactes la plupart des institutions monarchiques ,
et de comprimer par une résistance opportune le mouvement
qui entraînait les masses vers la démocratie. L'entreprise était
périlleuse, et les Vergniaud, les Brissot, les Guadet n'étaient pas
hommes à la bien conduire : ils s'exposaient d'ailleurs à susciter
contre eux-mêmes, au sein de l'assemblée, une opposition d'autant
plus formidable que le concours du peuple ne devait pas lui faire
défaut dans les circonstances décisives. Malgré l'avertissement
qui leur avait été donné par les tristes représailles de septembre,
les Girondins restèrent persuadés que devant la faconde de leurs
avocats , devant le prestige de ces renommés provinciales , les
masses plébéiennes s'inclineraient avec recueillement. Infatués
de leurs souvenirs classiques , ils aimaient à se rappeler les vers
où le poëte raconte les prodiges opérés par l'homme supérieur au
milieu des tumultes civils , et de chacun d'eux se posait en *vi-
rum quem* avec une insupportable arrogance. Cette tenue dédai-
gneuse eut certes peu recommandé leur politique, s'il n'avait pas
suffi d'en énoncer les axiômes pour la compromettre auprès des
révolutionnaires du forum. »

C'est, ne l'oubliéz pas Monsieur, c'est l'an dernier que j'écrivais ces lignes et vous ne trouverez pas, je présume, qu'elles contredisent celles que j'ai signées en 1832. Je pense toujours que la proscription des Girondins a prévenu de grands désastres, que sans l'événement du 31 mai nos frontières eussent été pénétrées, et que l'année 1793 eut vu restaurer en France la monarchie, au profit de l'une ou de l'autre branche de la famille de Bourbon. Cette erreur, si c'en est une, a été partagée par des écrivains dont l'autorité n'est pas contestable. Le plus fougueux, le plus sincère de tous les royalistes, M. le comte de Maistre, reconnait luimême que le salut de la nationalité française a été l'œuvre du gouvernement révolutionnaire, et que la politique équivoque, indécise, des beaux esprits constitutionnels eût livré nos lignes de défense à l'ennemi. J'admire volontiers l'éloquence de quelques orateurs Girondins, je sais qu'ils étaient pour la plupart, recommandables par les qualités du cœur ou par celles de l'esprit; mais il m'est impossible de ne pas applaudir à leur disgrâce, quand je considère que si la majorité du parlement n'avait pas pris le parti de leurs contradicteurs, c'en était fait de la patrie et de la liberté !

Voici maintenant en quels termes j'ai apprécié les hommes qui siégeaient à l'extrême-gauche de la Convention, et qui formaient le parti désigné sous le nom de la Montagne :

« Les Montagnards avaient pour eux la logique française, si prompte à éprouver les principes par les faits, si ardente à développer toutes les conséquences contenues dans les prémisses acceptées. A leur sens, les événements du 10 août, loin de résoudre la question, n'avaient fait que la poser : détrôner un roi, ce n'était que congédier un administrateur sans mandat ; il fallait rompre avec le passé par son supplice : il fallait ensuite établir l'ordre dans la famille politique , procéder à l'installation d'un pouvoir nouveau, l'assujétir à des institutions nouvelles, conformes à l'idéal le plus séduisant et néanmoins essentiellement perfectibles ; il fallait avant tout, dans les circonstances difficiles où la coalition extérieure plaçait la République , protéger la nationalité française par une propagande armée contre tous les trônes, et respecter même dans ses écarts un peuple affranchi de la veille, exaspéré par sa propre victoire, plein d'amour pour la liberté , plein de haine contre l'oppression et connaissant mal encore ses devoirs et ses droits. »

Tel était le programme accepté par les hommes les plus éminents qui siégeaient sur les bancs de la Montagne : on ne peut nier qu'ils l'aient suivi, et que, depuis le 31 mai jusqu'au 9 thermidor, la Révolution ait été vigoureusement protégée contre l'ennemi du dehors et contre les factions. Cette période est appelée *la Terreur*. J'ai dit que sans la Terreur, la Révolution eut été étouffée dans ses langes ; j'ai dit qu'il faut absoudre certains actes qui ont été l'inévitable conséquence de l'entraînement révolutionnaire ; j'ai dit que les hommes de conseil qui ont assumé sur leur tête la responsabilité du pouvoir durant cette épouvantable crise, ont été grands par leur sagesse et par leur vertu. Oui, Monsieur, je l'ai dit et vous pouvez noter que je le dis encore.

Cependant je n'ai pas entrepris d'écrire l'histoire du parti de la Montagne dans le seul but de louer les victimes de la coalition du 9 thermidor ; j'ai voulu enseigner encore par l'exemple du passé que, dans les partis révolutionnaires, il se rencontre toujours des novateurs pleins de mépris pour toutes les traditions, des individus turbulents et avides, toujours prêts à compromettre la meilleure cause par leurs déportements ou par leur sottise. Voici comment je résume, dans l'article déjà cité du *Dictionnaire politique*, les diverses accusations que j'avais énoncées dans les biographies de *la Montagne*, à la charge des amis d'Hébert et de ceux de Danton :

« La France devait s'isoler des états monarchiques et se constituer politiquement sans tenir compte des résistances, des menaces, des complots du parti royaliste intérieur et extérieur : telle était l'opinion de tous les patriotes. C'était en outre l'avis du plus grand nombre, que, des institutions du passé aucune ne devait subsister : que la République ne tenait par aucun lien à la monarchie; qu'elle n'avait pas de tradition. Erreur funeste, qui légitimait toutes les extravagances de la politique spéculative! Sans doute la société ne reste jamais dépourvue de toute autorité sur le fanatisme individuel; elle est protégée contre l'esprit de système par le rempart du sens commun, et par cet instinct de conservation qui ne l'abandonne jamais : mais lorsque le désordre est dans un grand nombre de têtes, la répression ne s'opère pas sans quelques difficultés. Que d'obstacles ne rencontrèrent pas les hommes vraiment politiques du parti Montagnard, lorsqu'après l'exécution des Girondins il leur fallut organiser la France nouvelle, maintenir l'Etat contre tant de factions survivantes, combattre au-dehors, au-dedans, tant d'ennemis avoués, tant d'amis dangereux de la République !

» Faisons d'abord la part des mauvais sentiments individuels : de l'ambition, de la vanité, de l'hypocrisie et de la lâcheté. On ne peut nier qu'à toutes les époques et sous tous les régimes, il y ait eu des gens lâches, hypocrites et vains : après une révolution qui avait déplacé tant d'existences, qui avait par conséquent provoqué tant de convoitises, qui avait introduit sur la scène politique tant d'hommes nouveaux, sans engagements, sans autres titres que la ferveur d'un zèle quelquefois aveugle, il eût été miraculeux que les passions personnelles n'exerçassent pas une certaine influence sur les événements. C'est, du reste, un fait avoué par un homme que l'on n'accusera pas sans doute d'avoir calomnié la République. Robespierre s'exprimait en ces termes, la veille du 9 thermidor : « En voyant la multitude des vices que le torrent de la Révolution a roulés pêle-mêle avec les vertus civiques, j'ai tremblé quelquefois d'être souillé aux yeux de la postérité par le voisinage impur de ces hommes pervers qui se mêlaient dans les rangs des défenseurs sincères de l'humanité.» Cette crainte était un pressentiment trop bien fondé.

»Outre les passions, il y avait à combattre les opinions insensées, les systèmes individuels sur la meilleure constitution de l'état social et de l'état politique. Il y avait, dans le parti Montagnard, tous les éléments propres à former une de ces factions prétendues socialistes, qui ne tendent pas à moins qu'à nier la société, puisqu'elles lui enlèvent le principal de ses attributs, l'autorité. Mais ces éléments restèrent isolés ; le *Credo* de Babeuf est moins une doctrine qu'une protestation contre l'aristocratie bourgeoise, représentée par le Directoire. Il est toutefois incontestable que les déclamations de Diderot sur la propriété avaient trouvé des approbateurs enthousiastes dans la portion la moins éclairée du parti révolutionnaire. Si nous en tenons peu de compte, c'est qu'ils ne constituèrent pas un parti.

»Il y eut, si l'on peut ainsi parler, plus d'accord parmi les novateurs dévoyés, sur la légitimité de l'anarchie politique. Tous ces termes se contredisent, nous le savons ; mais comment le langage, qui est la formule la plus vraie de la logique, se prêterait-il à l'expression des paralogismes les plus monstrueux ? Il y eut donc une faction qui, se posant comme seule mandataire du souverain, prétendit obliger l'Assemblée représentative au respect de sa volonté, substituer le pouvoir municipal au pouvoir constitutionnel, et gouverner le pays par les clubs. Quand un parti ose, dans l'Etat, usurper les fonctions exécutives et législatives, il est bien près de déclarer que tout gouvernement est une tyrannie. Les amis d'Hébert avaient trop d'ambition pour faire ouvertement une telle profession de foi ; mais en les voyant tout bouleverser pour établir leur omnipotence, en les voyant résister quotidiennement aux pouvoirs constitutionnels, avilir la Convention, calomnier les meilleurs citoyens, et ne reconnaître d'autre vérité que la guillotine, on devait s'habituer à croire que toute autorité était une fiction despotique. Le glaive de la Révolution fut appelé sur leurs têtes.

» Mais les lois politiques ne sont pas la seule sauvegarde de la société : c'est aussi le devoir d'un gouvernement de protéger les lois morales. Or, il se rencontra dans le parti Montagnard quelques êtres dépravés qui , après avoir abusé des fonctions publiques, n'eurent pas même la pudeur de dissimuler leurs coupables déprédations. La portion saine du parti , qui les avait ménagés longtemps , crut enfin devoir leur adresser des reprimandes et des menaces. Ceux-ci avaient des amis qui acceptèrent leur défense. Après des disputes équivoques et des allusions transparentes , on en vint aux accusations directes ; elles furent d'abord portées par la faction contre le pouvoir exécutif : les accusateurs étaient gens d'esprit , leur conscience n'était pas trop chargée , et ils jouissaient d'une renommée de civisme si bien établie, que s'ils n'avaient pas adopté la pire de toutes les causes , ils eussent triomphé devant l'opinion. Mais leur entourage suffisait pour les compromettre : quelle malheureuse mission s'étaient-ils donnée que celle de défendre Barras , Ricord et Fréron , connus pour avoir enlevé de Toulon plusieurs fourgons chargés d'objets précieux ; Julien de Toulouse , Delaunay , Chabot , Fabre d'Eglantine et Bazire, suspects d'avoir reçu chacun dix mille francs pour falsifier un décret de la Convention nationale ; Merlin de Thionville « fameux par la capitulation de Mayence , plus que soupçonné d'en avoir reçu le prix » (1) ; Courtois, qui avait exploité sa parenté avec Danton pour obtenir un marché de fournitures où il avait volé la République ; Lacroix , le déprédateur de la Belgique , et d'autres gens de cette sorte , dont l'improbité notoire contrastait si étrangement avec la vertu rigide de la majorité? Encore s'ils s'étaient contentés de recommander de tels hommes! Mais non : c'est le propre de toutes factions d'attaquer pour se défendre. Ils attaquèrent donc , et avec ardeur , le Comité de salut public , soit à la Convention , soit aux Jacobins , soit aux Cordeliers ; ils publièrent des pamphlets calomnieux contre les membres de ce Comité et contre les ministres , et parvinrent enfin , après beaucoup de clameurs , à organiser une conspiration où ils attirèrent par des flatteries Danton et Camille Desmoulins. Quand elle fut découverte , l'opinion publique, qu'ils avaient abusée , se sépara d'eux : se voyant surpris dans leurs propres piéges, ils invoquèrent la clémence et détournèrent leurs accusations contre le parti des Hébertistes. Cette tardive capitulation ne put les sauver.

(1) (Discours de Robespierre, rapport de Courtois.

»Accoutumés á dire notre pensée, nous n'hésitons pas à déclarer encore une fois que, suivant nous, la portion saine du parti Montagnard, celle qui représenta le mieux les sentiments de la France, qui comprit le mieux ses intérêts , celle qui , dans cette affreuse tourmente, fit preuve du sens le plus droit et contribua le plus efficacement au salut de l'empire, eut pour inspirateur et pour chef Maximilien Robespierre. Nous avons exposé précédemment quels furent les principes de ces énergiques républicains , quelles furent leurs tendances, avec quelle sagacité ils surent distinguer le vrai du faux dans toutes les opinions auxquelles le désordre des esprits concilia des suffrages, avec quelle rectitude de jugement ils firent valoir les éternelles maximes de l'unité politique et de la solidarité nationale, avec quelle vigueur ils déjouèrent les complots des ordres privilégiés, et combattirent les factions qui prétendaient conduire le peuple à la liberté par le déréglement des mœurs ou par l'anarchie politique. Il nous reste à dire quelques mots sur l'événement fatal qui les interrompit dans leur œuvre, et perdit avec eux la République française.

»Robespierre succomba, comme César, sous l'accusation d'avoir ambitionné la dictature ; il succomba , comme César , trahi par le plus grand nombre de ses amis... »

Vous comprendrez, Monsieur, que je ne puis ici qu'exposer des opinions : cette lettre est déjà bien longue , et s'il me fallait prouver tout ce que j'avance, ce serait l'affaire d'un volume au moins. Puisque vous avez entre les mains mon écrit sur la Montagne , vous pouvez le consulter et y apprendre certains faits que vous ignorez peut-être : cette seconde lecture vous sera sans doute d'un meilleur profit que la première. Outre ce que je viens de vous répéter , vous y verrez encore que si j'ai, en plusieurs endroits, approuvé les actes révolutionnaires du Comité du salut public , que si j'ai loué certains hommes envers lesquels j'estime que le pays a été fort ingrat, je n'ai jamais, comme vous l'avez prétendu , recommandé à la génération actuelle l'emploi des armes que notre première révolution a fabriquées pour sa défense et qu'elle a brisées dans le sein de ses ennemis. Près d'une phrase que vous avez citée, vous en lirez une autre ainsi conçue :

« La terreur était vraiment un système. Ce n'était ni colère aveugle, ni justes représailles; c'était un parti pris fermement et résolument, une manifestation violente et légitime de la souveraineté du peuple, remise aux mains de quelques hommes agissant pour lui. Il ne faut pas blâmer ceux qui sauvèrent un instant la France par la guerre et par le sang, mais bien, au contraire, les remercier de ce qu'ils voulurent bien prendre sur eux-mêmes la responsabilité du meurtre et de ce qu'on appelle crime... La terreur eut raison : mais le méchant seul peut faire l'apologie de la guillotine. Le philosophe qui apprécie le passé doit le voir dans ses nécessités violentes et absolues, et comme passé. »

C'est par cette citation, Monsieur, que je termine ma lettre.

Agréez, etc.

B. HAURÉAU.

(Extrait du Courrier de la Sarthe du 16 juillet.)

Le Mans, Impr. de CH. RICHELET, rue de la Paille, 10. — 1842.